U0059103

Flight 飛越抒情帶

Zhou Qing Hua
周慶華・著

序

「思」與「詩」的交織與共鳴

楊秀宮

打開《飛越抒情帶》一書，首先映入眼簾的是該書的目次。各卷的標題似乎有巧思，也好像非刻意設計標題，所以一時之間難以解題。慶華兄的這本詩集合計有六個部分。分別是：卷一「飛」，卷二「飛越」，卷三「飛越抒」，卷四「飛越抒情」，卷五「飛越抒情帶」，以及最後的「後記」。從各卷之標題觀之，人的思想所以崇高，因為可以「飛」，既能起飛則能有所「超越」或「飛越」。

慶華兄的「詩作」處處呈現出「理性」與「感性」的交會。我喜歡悠遊在詩境之中，但是我不擅寫詩，如今卻執筆為詩集寫序。我想我正在「寫序」這件事，也許正在從事著一種還原「飛越抒情帶」而「進入沉思區」的探索。經過各式途徑的品味賞析，

來回於「審美途徑」、「智思途徑」，取景於「宏觀式的全覽」，或是「微觀式的品味」。我想慶華兄最了不起的地方就在於他自由出入於「沉思」與「飛越」的兩個思維模態或範域。若說能讓思緒「沉思」的人是哲人，而能讓思緒「飛越」的人是詩人，那麼慶華兄既是哲人也是詩人。他巧妙地結合「思」與「詩」，而「思」與「詩」正是人類可以翱翔於天地之間的一對翅膀。

翻閱敘事與抒情交錯的《飛越抒情帶》之後，我這麼認為：詩集從現實的景象與人物的取材，是將「見山是山，見水是水」的經驗，經由抒情轉入「見山不是山，見水不是水」的詩境。換言之，當他動筆之際，他寫的是實事、實景，是「見山是山，見水是水」的樣態；而當它被閱讀時，讀者所見的已經是融合作者的情意與文字功力的作品，乃是用「見山不是山，見水不是水」的方式來與讀者照面。

在「知」與「情」的交織下，怎麼看都可以有所獲，怎麼看也都無所解。飛越抒情帶之後，原來不是「理智」的耕地，而是「情感」的故鄉，所以只要乘坐在文字的羽翼就好了，讓思緒飛越。這本詩集把文字的理趣作了轉化，變成了身處其境的遊歷經驗，又把生活裏的遊歷經驗改造成詩趣意境。

二〇〇八年與一些愛好書本的同好一起讀書、論學。在「《論》《孟》研讀會」場合裏所認識的慶華兄，是一個在論學過程裏不苟言笑的學者。但是在他的詩集裏卻蘊藏著豐厚的情感。我以為認識周慶華的朋友不能不看他的詩集，不認識周慶華但想兼顧理性與感性的讀者，也不能錯過這本詩集。記事、寫景、抒情皆備的這個詩集裏，讀者也許會與詩人的心思交會，也可能讀者只能作一番無可考其事蹟的賞析。但是無論「識得」與「不識得」作者的人，大概會對於作者的用字遣詞有所稱嘆。

一般而言，詩集是詩人將「敢言」與「不敢言」，「說得清楚」與「說不清楚」的人情事故彙萃之處。大部分的人用「文字」寫日記，有些人用「照片」寫日記，我以為這本《飛越抒情帶》乃是用「詩」寫日記的範式。裏頭有著豐富的內涵，按捺不住的牢騷，脫筆而出的情感，以及一個文人眼裏的世界觀，雖然難懂但也難得。

我忝為慶華兄所託，謹分享以上感想作為《飛越抒情帶》之序。

二〇一〇年十月書於樹德科技大學

目次

飛越抒情帶

卷二　飛越

卷三　飛越抒

卷四　飛越抒情

卷五　飛越抒情帶

卷一

飛

另類候鳥

走過晃盪的舊橋換新橋
我的家藏在碧潭西岸
回來巡禮已經變成一種速成的儀式

人潮的背後是緊繃的車潮
一潭水混濁在四面八方的擁擠中
我的心無處棲息

視線給喧嘩推上了遠山
那兒還是一片人間剩餘的蒸騰
直接連到更高遠的藍天

潭面漂著一隻隻喑啞的天鵝
遊客正在吃力踩著牠們失聲的歷史
水花濺起有華麗的餘味

地鐵在這裏吞吐都市的氣息
輸送不完政經的痛苦指數
被染指的家園寧靜都還給神話的國度

短暫的隱身後
另一個居所又在東臺灣朝我呼喚
歸去是為了忘記曾經來過

艱澀的一年

大劫難還在狐疑的預測
零星的小劫難就先爬來爬去
給你腫瘤讓他中風教我噩夢纏綿
躲不過的親友都沾了氛

警訊一向在離場後開始
接到的人已經沒有免疫力
誰還能站起來呼一段高分貝的口號

明天添你船帆後天加碼風勢
璀璨的陽光裏有遠方看不見的島嶼

追逐的日子摻了不平凡的重量
名利長腳自己會跑走
嚮往不朽仍然短少搏命演出的機會
走在棋局中准你越界
回頭煙水中千里正要跟驚險相遇

出體的魂識是否還想奔馳
早春的花蕊上有晶瑩的答案
此去心情又得經年
遺忘等你療傷

開會

陽光在室外晃漾
被時間趕入場內的人喧嘩黏著嘴唇
滿堂聲音的氤氳

缺席者的理由都給了路上的壅塞
他們只問天
回響是一杯淡薄的空氣

等待還是留在詫異裏
門隔著你我肚子半缸的怒氣
麥克風出來主持公道

臺上講話的人對著失焦的眼神
趕一段議程後會疲憊
離席為了抗議外面的藍天太完美

走出會場風很刺眼
我的耳朵要吞吐

鏡頭對準你

笑一個不是指路過的人
那隻貪婪的眼擋在你前面
閃避就會變成永恆

信步腳底很快留下憤怒
從橋的這一端延伸到夢的那一端
快門咔擦浮出垂敗的容顏
相機還在佯裝興奮

全家福裏沒你的份
情侶的笑靨可以出借一點
遲了就得更換配角

年少的暖場
白了頭髮的中繼
善後留給一雙蹀躞的鞋
頂上烏雲無心的飛過

出門世界包裹你
返家餘恨裂解世界
詩得到救贖

劫難

又一次例行的散步
從太平溪口遙望寶桑亭
我的感覺逐漸在沉箱

海握著深藍不變
天空垂著寒冷也不變
地上顏色變了
鞭炮聲正在入侵

雜亂的人影晃動著外來的驕縱
順手一拋垃圾就隨歡笑飄蕩
草尖上的露珠急著想要去萎頓

他們站在岸邊卻看不見海
綠島趴著的美姿也沒贏得幾陣驚呼
衝天炮溜到沙灘的胸膛燃放
炸出了靜謐的碎片
海浪捲走一片嘆息還有一片

步道上穿梭著裝了頭燈的自行車
黃昏在擁抱它們的軋礫聲
遠處更多的喧嘩都從禁忌中偷跑
今年春節東海岸一樣在劫難逃

濕濕的年

會生風的虎
過境還夾帶冰冰的雨
一點一滴穿透旅人的眼

還徙後的詩思
總是最先躍入多潮的夢鄉
醒來感覺糊糊的

給看的奔竄的車流
在找一個回家的出口
只有我的心遲疑

除夕流行的包裝
都被歡樂劫掠去了
剩下半瓶空虛

那些趕不及承諾的人
團圓生了病在黯然悵嘆
心裏有牽掛的淚

早已閃躲一邊的陽光
遙燙不了遠遠霉著的記憶
福年仍是沾水的

當災難被敘述後

義子的程序開始啟動
輕物件的設計就要上場
初機可以等待哲學
還原世界一個最初的悸動

靈異仍得感知兩界的痛苦
災難的潛在性才能通向神的領域

也許撒旦會來軋一腳
平衡後就各自回鄉

有人放出一枚煙幕彈
大夥突然忙於尋找彼此的敵人
荊軻刺秦王對抗呂格爾挑戰伽達瑪
紛紛在聲稱敘述同或不同於詮釋

無垢先走了
災變敘述的結構和解釋重新粉墨登臺

必要的悲劇感留到下一次的對決
明天不一定要積存甜美的壓力

重建的道路像彩虹一樣彎折
只准許災異加速的終結
退場的夢幻一定會昇華而去
臺灣的紫斑蝶正悄無聲息的北返

新臺北人

從地下捷運匆忙的鑽出來
探向熟悉的花花世界
忘了問一聲靈魂要歸去何方
過期的深盼永遠是
等在旅次的路上

咖啡店藝廊默默地稀釋過往的人潮
留給花市音樂廳吞嚥白天和黑夜的閒愁

廣場蹀躞的老少還是看不到天外遠颺的飛鳥
徒讓南來北往失速的容顏困在車陣
喁喁著一個蒼白的故事

放眼看去密布的電眼
在跟肉眼爭奪眺望的空間
它們要抓牢城市一半的貪婪
那邊還有數位鏡頭
想捕捉你倉皇的入境

河堤上蒸發的風箏
牽著一隻隻的小手駭怕踩空
描繪不出迢遙失落的地圖
進場離場的飛機都帶著冰冷的心情

霓虹燈孵熟的夜景
仍在期待一個世代繁華的過去
走入沙龍的散焦的文化人
已經聊開了星星墜落的時間
散場後不必急著回家

被一隻狗偷襲

天空灰灰懶懶的
不會彎曲的視線還在延伸中
我牽著鐵馬停住一個偶然的回神
在路肩等待車子載著陽光遠去

就要掉頭尋找失去的記憶
忽然牠滾過塵土的身軀欺近
一口咬住我沒長出眼睛的大腿
牙印留在穿透黑褲的疼痛裏

我轉身必須遇見一片茫然
牠退出兩步距離
閒閒恨恨的望著圍籬後的藍天
耳邊呼嘯過牠主人的吆喝聲

錯愕還是靜止在這一次的對峙中
我觀望牠低度不解的影像
想起今天無意出席僭越的侵犯
這是牠的領地

六人行

一疋墨藍的絲絨
載著波動的凱旋二號
航向綠島

海岸在迤邐的白花中遠去
鹹鹹的雨絲斜打過來　辣了
嘴唇的感覺
滋味是一望無際的蒼茫

前方還沒有解除疾行
半片青天撥開雲層透出
暈眩無法跟它對眼
甲板早已被我們站成一團凌亂
紛紛在尋找靠岸的心情

下了船
星月屋的主人帶著烈陽來迎接
回望來時的地方　霧濕

變成今天陌生的國度
記憶都給了將軍岩

人權紀念碑上鐫著
被囚禁過母親的哭泣
兩個名字四條淚痕
長長的迴聲懸在地城
讓無言留下來憑弔

婀娜的帆影經過一車的周旋

風光已經飽覽　閒閒的
午後一場豪雨啣走了浮潛的欲望
客來客去的喧嘩穿空
等待黃昏跟朝日溫泉相會

在綠洲山莊遇見兩名老囚犯
他們來巡禮自己的故事
詩人吟詩藝術家彩繪
都解渴不到那段漫長監禁的歷史
蠟綠了門前兩棵虯結的榕樹

敏捷的車爬山路
驚奇雲天的彩虹相倚
隨後觀音洞頂禮的心如玉
腳下稠稠的海潮像文繡一路環繞
放走風寧謐撿到柚子湖的熔岩

睡美人懷孕了
哈巴狗的守護更加惆悵
賣給小長城一分權力
我們要去石朗看奢華的夕陽

晚上在溫泉區呼喚月亮

冰獄冰店那副嵌字聯

題的是六個人這一趟無比星光的旅程

二〇〇九・七・十一寫於與惠敏、怡帆、

麗娜、明玉、靜文同遊綠島旅次。

砂城渴了

季風又送來東北的戰慄
黃沙捲起卑南溪漫天
山不見了天空也濛濛去了
視線在零度上驚慌

它一座瀕海軟式的小城

焚燒總在颸風後

果實焦了心也焦了
乾涸從河床躍出要尋找呼吸

兩座島嶼遙望這裏
海卻解救不了它的飢餓
夏天看它灼熱冬天陪它滾動
一羣海鷗鈍重的飛過

狂沙還在急竄
吃進眼裏掃入心窩

夢境都會寫滿落塵密布
只有淌盡的水想活著

入夜車道忘了流動
街燈在風沙中失去重量
黑暗罩著又被掀開來翻飛
轟然一聲聲的接近

一段熟悉的旅程

陽光從緩慢步調的街道悄悄移動
隨著一輛車踅進花東縱谷
雲山蒼茫佔據左右忙亂的視線
等待驚奇只為了一縷還未飄升的輕煙

岑寂的房子已經記不起自己的來歷
點綴在路的兩旁跟大地一起寥落

遍布的釋迦園過去有白鷺鷥飛越水田
帶起澹澹的霧氣穿梭於風中
時間蜿蜒車速蜿蜒一顆心也蜿蜒

泰山大人還在池上候著
閒情早就從探視的行程裏逃逸
眼看老邁淡薄不了漫漫歲月的痕跡
相逢的次數正要排入濃濃的歸期

夜行

趕赴一次散步
從薄暮走進昏黑
風在耳際纏綣
不知底細的低語一排排的掠過
看不見前方人影晃動
暈黃的路燈亮起了
心事貼在步道無法狂奔

右邊有海濤聲要清場
涮涮的深入長空
黝黑接住一併將它吞沒

拐過細長的彎道
回望有寂寥的等待
來時的夢遠了
編不進故事的腳步都在褪色
味道鹹鹹的缺少幾分采姿

往前目的在跳躍
終點即將停著一顆削邊的太陽
它已經偷偷在藏入雲端
得去把它喚出來
然後拿到回程

夜橫過兩點星星的家鄉
我的心繼續深沉

那隻龍蝦

它黃昏了
每根觸鬚都邁力在穿透薄暮
搜尋一個被遺忘的地誌
眼前只剩失神的距離望著滿桌來不及詢問的饕客

冷盤上
它的身首隔著白色生菜鋪墊的海洋

遠遠的有船航行的聲響
一箸一箸夾起的是空蕩的回音

喧嘩還在堆疊歡笑
它紅透的影像裏有前世迷路的印記
從水床跳到餐桌看見了
陸地的繁華

酒香無法飽飫它遲來的味覺
給你兩打圓圓長草的夢

退去換上新裹飾煲燙的菜
家在遠方想念一個分離的驅殼

情殤

打開電視鹹鹹的
又一個政治人物中箭落馬
扒糞機器守著每道出口
特寫鏡頭裏有你挫敗浮腫的臉

情人隱匿在語言的緝捕中
你一聲道歉改寫不了她要陳訴的委屈
外面都是假冒的正經人

翻出舊賬有另一半嫣然的微笑
你流淚她從背後替你擦拭
作完秀最想的還是勞燕分飛

汽車旅館無法變成神聖的私許地
一場愛需要縣長的時空作見證
你們相逢恨晚又搭錯了一班列車

這條新聞還不會自己落幕
閃躲如果能回到原點也不致有傷痛

虧欠你們的是媒體
它們從不問原先的感情為什麼在生變

貓在看一則殺夫新聞

牠的爪
從地上攤著的報紙
鑿出一道深深的哀號

婦人的刀
亮著森冷的光
穿透牠的眼睛折射出一個帶血的身影

交錯的文字敘述夾纏許多怨怒
牠撥弄到了兩樁傷口

那邊小孩在夜奔
牠踩著呼救聲背後有迷濛的霧
隱身的記者沒有告訴牠
眼睛要落在哪個角落

再一次踱步
確定四處都有抓痕

然後讓故事終結

牠漠然的離開了

一張彩色的畫面從此失去復原

不想打掃

時間催促著時間
斗室荒蕪了
跟著打轉的心也快荒蕪了
還是沒有拯救的行動

小蜘蛛結網又掉了滿地
灰塵彈起記憶
從空間穿梭出了一粒灰色的包裹

裏面有千年的重量
想寄回給歷史

衣物桌椅床褥都細布纖毫
揮走一層又來了成疊
趕著向造化控訴
得到一盆冷冷的虛應故事
誰還要再次的提早輪迴

無聲的戰鬥正在開打
壁虎贏了留下更多的廢棄物
意識跟地板的碎屑共同一項命運
統統得學會遺忘

眼前早已無處安身
腦海還在浮現一片曾經潔淨過的畫面
那是留給地心引力自己來維護的

一隻狗在草地上曬太陽

牠躺著
側影有草坪呼吸的節奏
蚊蠅來了一批又飛走一批
牠只搧動兩下耳朵
瞇起眼睛看到睡夢中的自己
蛺蝶蹁躚出午後的閒情
牠還是不給動靜

兩隻鴿子從身旁啄去地上的韻律
牠的嘴角才輕輕地抽搐
輪廓浮著綠茵有風的重量

陽光偷灑下來
亮晃晃的樹葉開始集結出塵的動力
牠遠距少了參與
棕色的毛掠過白色的腹
幽幽的自行清瀆

我在近處看牠舒坦
記憶裏有一支會飛翔的隊伍
穿過晴空後復活
偶爾俯瞰成了所要捍衛的形式
牠從夢中回首嚇著一身驚奇

詩到中秋

冷冽的艷陽
包不住一個跳動的冬天
隨著東北季風南來
有澹澹的濕意

春花開了
候鳥帶著惆悵離開
留給水鄉兩株青杉的傳奇

有煥煥的香郁

蒸熟一夏的蟬噪
從樹梢到山林
響著孤絕凌空的歷史
有炎炎的冰隙

雷鳴推進到秋
細薄的情開始枯黃
中間一段月
有瑟瑟的風味

過了豐源橋

新校區在半極地
我踩著單車要去開搶劫時間的會
許久都還看不到它憂鬱的身影

上了橋遇到
風急急斜斜的吹
車在呼嘯
伴著腳下鏈條啞啞的喀啦聲

再過去
夕陽照出空寂的大道
我瞥見搞軌案主角的老父
端坐成一尊清癯的雕像向內
紗帳篩到了他
冷冷的溫度

會場在望了室內
已經有忙碌的嘴等候你駕臨

渾茫遺忘四周悄然無聲的世界
山遠遠的海也遠遠的

回程單車艱困的逆風慢奔
過橋驚見利嘉溪瘦到只剩一道細流
纍纍的白石今夜我的夢會生氣

漂流木

見證一場風災
從海裏滾上岸後
就完成了儀式

當日移山倒下
土石和著拔地一個一個的身軀
在河底傾洩
瞬間就跟汪洋合流

遠離林藪的心情
已經無法長數
藍天看著我們飄蕩
不知道要從哪裏施捨憐憫
直到被浪潮推擠過來

放眼看去
一條海岸線
突然失去了模樣
別怪我們強行佔據

這是新的家

西邊滅村的元兇早就逃離了
我們還在詢問
命運牽著什麼要經過海域
回頭都成了屍首

在烈陽下嵯峨如山
一天過了又一天
等到半個背山靠海的夢

地鐵風景

手機聲此起彼落
廣播幫它們震動旋律
小男孩握著圓柱急轉圈
剎車門開
他彈了出去
月臺撿到一顆人球

女郎的粉妝侵佔到脖子
對面的鬍鬚男繼續掃描她的下半身
視線突然被一幢黑影吞滅
人潮散去他倉皇的蒐尋
看見座位上換了超出肥胖的銀娃

佝僂的老婦碎步走進來
手提袋裏輕晃著幾縷焦慮
中年男子起身讓坐
旁邊的年輕人閒閒的斜睨這一幕的演出

膠著的目光捕捉到了八十歲後的自己

話語和空氣頻密的接觸
凝結的是一長排冰冷的眼神
從到站出站中吐納呼吸
一條地龍穿過城市的心臟
少了鼓鼓的詩句跌宕

回神後大家發現
小女孩要放生一朵汽球

緊閉的門窗不給許諾
她試著奔跑
咚咚的迴響聲裏
有濃濃的聯噫

那天如果我們不識字

那天如果我們不識字
就會回到宇宙洪荒再一次仰觀俯察
學畫八卦餘沫兼結繩記事
看鳥獸蹏迒造書契
累了躺在地上胸懷天空

那天如果我們不識字
王熙鳳的耳挖子就會剔出分節的縫隙

罵人耍貧嘴還道出一夜北風緊
紅樓夢裏她最風光
只是看不懂親戚的來信

那天如果我們不識字
也許茹毛飲血的歷史就得從邊地復活
披頭散髮去搶一顆木瓜
把紅透的留下青澀的帶走
回家相互觀望

那天如果我們不識字
每隔日落就能渴望一段清音來換取性愛
就像我願意為你朗讀的羅娜
她獻身給一個孩子
自己去承擔痛苦的尊嚴

那天如果我們不識字
假設就是你要造訪的地方
不思不睏沒有歲序
有錢了記得收起祭典
先靈會遠遠走來

今夏盛事

豔陽可以燒灼文字的午後
室內一曲小小羊兒要回家喚出了
姑娘在那遙遠的地方等待良人初訪
氣化後羣居會逼迫你瓜瓞緜緜
屈就便能擁有偷偷的幸福
鳳陽花鼓擂起了一筐哀嘆聲
仍然難逃玉玲瓏的溫鎮

白鷺鷥不來啣走遺珠
沁人的玫瑰就要躍上枝頭
維護那薄薄的顏面

一隻或一羣羊跟著媽

攸關神的歡悅
彈琴給祂聽長虹留下來
銘記掀起你的蓋頭羞怯我帶走
背起小娃娃回娘家的時候
要看一眼花堇

老天施的恩惠裏
跑馬跑出了康定情歌
萍水相逢你很淑媛
哦　蘇珊娜我的愛至死不渝
返鄉把羣玫用布包裹
全體就會得到禎祥的滋味

搖子歌唱甜了三世的庇佑
敏銳的嗅覺裏有望春風的萍踪
缺席的美娟明天用掛號送達

讓你刻骨銘心
六個人賺到五行詩

兩隻老虎加加減減
還是追不到一隻小黃鸝鳥
汝南王已經子孫滿堂
前程在樹上開花
問一聲媄字從那裏起興
東海岸的天空正藍

集體意識很早就在家族凝聚
准許你唱哥哥爸爸真偉大
山前山後蒐尋馬車夫的一〇一戀曲
別後我們可以千里共嬋娟
現在只等佳人佩玲走過

還有文字可以給艷陽燒灼的午後
蟬聲被冷落在窗外

層層的歡笑疊著一場超水準的演出

從語言旋進文化的深淵
有澮澮的波光

二〇〇九・七・二十三寫於語教所暑碩班「文化語言學」課後，詩中嵌入三十位修課的夥伴名字的尾字和他們所唱的歌。

一隻蟬的死亡

蟬聲佔滿樹的午後
鳳凰花火紅的映照著校園角落的岑寂
一隻拇指大的蟬從藍天輕輕地跌落
在陽臺橫躺成一個別世的儀式

牠的同伴還在賣力的嘶唧
這燥人的夏末
忘了哀悼

上空沒有雲彩飛過

撿起牠如夢的仰姿
長喙已經收斂埋進胸前
成對的腳整齊交叉好像還想奮力一躍
兩片薄翼透明著我無言的心情
從牠灰黑的身上瞧見了尊嚴

一對不再靈動的眼睛
茫然的望向牠活過的國度

把沉默留下來
我能許以一絲的憐憫
卻無法翻閱牠長鳴的歷史

重新將牠安置在牆上
幾隻螞蟻快速的爬過來
在牠的軀體尋找飢餓的出口
直到我離去
都渴望牠夢醒再度展翅站上枝頭

隨後颱風來了　白天
宿舍旁另外一羣爭先恐後的蟬
斷斷續續的在強噪狂雨
益發讓我想念牠高雅靜聲的低岑

兩隻烏鷲站在牛背上

緩緩的一個姿勢
低頭吃草就怕你們飛走
灰白的背脊可以站成兩條稜線
延伸到海

你們看到的綠島或蘭嶼
一樣蒼鬱的容顏浮出夐遠的記憶

還要不要遙想
左邊都蘭山上已經有雲霧輕繞

風從傍晚的腋下吹來
喃喃的餘絮伴著青草的香味
給你們沉夢
記得別像流星那般的滑落

泥燕還到他鄉去了
白鷺鷥偶爾會來觀光

只剩下你們兩個佇立成一段風景
悠悠的穿過河床

前方波濤涮著沙礫的聲音
一陣嗚咽一排喧騰
我用凝視換到你們繼續停留
仰首有我們新煲的天空

望天

寂寂的風
吹不動長巷的深邃
一隻狗兒被拴在路邊
張著軟軟的空洞的眼神
單身騎士斜身經過

已經午後了
牠的主人還在迷踪

狗兒脖子上的鏈條白晃晃
想等一口驚喜
痴痴的

黑色的身軀不再光亮
有泥燕俯衝過來
急急的搧動牠的腎上腺素
還是忘了移動半步
好像只要是狗兒就得重重的杵著
瘖啞的世界

裏面沒有綿綿的雲
不吠
牠是一隻狗兒
看著路口淡淡的人

擡起頭
天老老的
牠聞到一股滄桑
遠去的單車騎士沉沉的
狗兒的長巷沒有深邃的風

莫拉克

衛星雲圖一片迴旋的白
滿滿的罩著島的四周
邊際被抹去了
電視鏡頭拉出狂掃的強風
吹走還在遊蕩的睡夢

那邊驟雨從河床躍上陸地
穿過民宅傾洩亙古以來飽脹的怨氣

一地給一個水鄉澤國
呼救聲還在天際線上等待
光鮮的城已經走失容顏

橋斷了路漂流
望鄉的心都給竄動的雲奪去
喊天到啞地也不應
就是要困住你一次逍遙的行旅
從此忘記假期的疼痛

賑災的隊伍進入風雨中忙亂
奔走的手遞送限時的溫暖
挨過一家又一戶
搶救到了許多蒼白的臉
都在詢問老天開什麼玩笑

莫要哭泣了
拉你一把地球會掉落重心
克剛克柔全然不關命運
走丟的幸福還會回來
了無痕跡是真的

颱風過後

雲靜止了
風還在奔跑
捲著熱浪四處散放

海水滾燙的從東南斜來
綠島隱在迷霧中
弄潮的人瞇著眼望穿那一片汪洋
期待都給鷗鳥叼銜離去

步道上幾縷飄蓬
旋起花式快板
從腳下掃過長長的夢境
無嘩中有淡白的鹹味

我牽著單車背向人羣
蕪雜的心情對天
敞開一黃昏的落寞

湍流中的那一叢芒花

它是河床乾涸時進駐的
四周的石礫都在飢渴的仰望
幾時它會搖下幾粒甘霖

白鷺鷥來了又去
搧動的清涼留不住遠避的雜草
它們從僻處往這邊觀望
獨獨一撮風景

兩隻螃蟹駝著晒昏的殼爬過溝道
鑽進它的底部要躲一片雲
水蜻蜓在尋找水
遇見遠山的噴湧夢在這裏沉睡
它沒有被驚動

初夏大地承受了空氣的激情
汩汩稠稠的翻滾就在眼前
它奮力挺起腰桿連著蒼茫迎向湍急
小小的銀練在它的身後跳躍

叢聚護住向上伸展的花絮
它贏得了一季的嘩啦
忘記出場作最後的謝幕

蛇夢

冬末小陰天
一條蛇爬上宿舍二樓來觀光
在平滑的地板蠕動遇到我
承牠禮讓我先逃竄
從此夢中都是蛇

像電影裏的巨蟒
一邊覷我一邊自個兒划龍舟走了

還纏在樹上的沒空做夢
鼓著小腹吸星星
戰慄掉了滿地

帶眼鏡的突然昂首
阻擋我的去路
前後左右還有不帶眼鏡的盤踞
溜走一條又來一條
我困在蛇的世界直到醒來

跨過田埂
要數踩不到蛇的節拍
漆黑中還有整窩
黏黏的空氣
正在販賣牠們的吐納

以前懷疑
蛇飛不上天當龍
才在夢裏夢外找人威嚇
現在又知道
威嚇完了的蛇要給一首詩補償

獨享一輪明月

傍晚帶著涼風去散心
走過海邊一條熟悉的步道
濤聲已經停掉了冬天的嘶吼
返鄉的遊客也不再喧嘩東海岸的邀約
寂靜中我擡頭遇到一皇圓圓的月

夜幕緩緩地從對面的山頭爬下來
包裹住一片墨藍的氤氳　頃刻

長空飄綴著的雲絲聚漫到了月的上方
光暈忽然彈調渲染成彩色的荼羅
一圈銀白推著一圈清紅
外圍還有碧綠和橘黃

繼續往前走
隱遁的足跡都纖纖的尋找故事去了
月越發光亮的照喜滿地
荼羅瞬間轉成純白浮浮的

再踅過一段路
回望又斂出一小圈一小圈著色的新暈

岬角的盡頭有歌喉傳出纏纏的
敢情不是要讚美　再過去
黑黑的深處藏了海天無聲的共鳴
它們合力捧出一輪明月
徐徐的
還沒有驚見喝采

憐惜不能戲耍
月會變成暖暖的
風來雲散去星星露臉寒寒的
光輝灑在身上有點冷
今天是元宵節前夕

小過年

北天燈南蜂炮東寒單
寶島的民俗很鏗鏘
白天驅邪跳動到晚上變祈福
上空飛的地面流竄的
炸開了你就會回到鴻濛

報紙的頭條
有彩色的福氣冉冉升起

那邊失控的爆竹
終於抓到了一塊版面引燃
在硝煙迷霧中隱身

一名男子偷偷地僭越
螫人的金劍穿透他的艷服
哀號長腳要逼人返家
鹽水很鹹連霧氛都上街
看你可以挺住幾秒

平靜的溪已經十分熱鬧
翻過山頭就自由了
一盞被祝福的燈這樣說
月亮高高的試著撥開朦朧
它剛剛習慣整點的孤寂

寒著天
單獨贏不了東海的呼嘯
爺站在轎子上踶瘟

元氣等神來賞賜
宵夜全給了霹靂聲

每年這個時候都很夯
耳裏眼中沒有稀釋過的繽紛
那是傳統種的芍藥
舒展後你得到一朵希望
明年記得來還願

圓遇

通往海隅的一條小徑
澹澹的隔開了兩個世界
我像往常要經過
一邊無嘩濤聲薄薄的
黃昏從它的腳邊蔓延
另一邊用不曾間歇的鞭炮在激活元宵
煙花撒了滿天
綠島濛在初夢中蘭嶼遠杳

東海岸剩下我在漫聽
走著一枚金幣從雲天的缺口被震了出來
沒有阿里山日出萬壑的驚呼
它靜靜地避開雲翳
跟我的心情相遇
海風拂過臉頰迎新感覺熱熱的
我是否應該細數緣盡的人兒

長沙馬王堆新詠

如果有一天
愛情被保管在昏暗的墓室中
渴望呼吸的故事就會甦醒
從地底到地面
悠悠地訴說它的思念

思念藏在一百三十八粒甜瓜籽裏
只要吞食沒有怨恨的痕跡

也許血脈上依稀彷彿的斑塊病變邊緣
記載了不能終止那段情節的嘆息
歲月仍然要書寫她的尊貴

尊貴的軑侯夫人
陪伴你的枯骨已經躺了兩千年
你的迷戀還停在前方那坏王憤的胸懷
時間一樣給了他免被凍餒
真真癡情的回望著你

你震驚的世界
都在看那曾經吹彈可破的肌膚
卻不知道更有一份遭到監視的傾慕
在長沙國裏亟欲找尋出口
它不必玉匣也不需要金縷衣

金縷衣裹著的靈魂
相約聯袂往仙境去了
你一襲尋常的穿著卻願意等待

豪門的日子無緣
布衣的嚮往死後可以幽會
幽會造就了你和他的堅持
用純情抗拒腐朽
把容貌栩栩的留給世人
他們終將要驚奇
一株小小愛苗的誕生

關於樓蘭女出土文物在臺展出

埋藏千年
沒有加密的傳奇
一夕間成了玻璃罩裏的孤獨

從新疆飄飛來臺
只為見證一條新的絲路
驚訝留在海峽的這岸

歐羅巴是地圖上忘了加註的名字
木乃伊有中等的身材
遺韻透過失靈的瞳孔散發出來
圍觀的臉龐都捕捉到了

那個一路追隨你的日本人
跌宕了幾十世終於看到為他保存的容顏
你的風霜他的滄桑
在島國化作一縷芳香
絲絲的沁入記者的文字

新的棺槨增添的標誌
正在騷擾一個沉睡的夢
熄燈後會倉皇的驚醒過來
發現這裏還有變賣歸途的透明人

烏魯木齊很遙遠
想像的羽翼飛越不了那片黃橙的沙漠
羌笛怨過的楊柳是否還在青翠

聽說以前西出陽關的人
歷史都給一段艷遇不回來了
如今謎底就要揭曉

夜歸路上

兩隻失眠的蟬
把叫聲留在濕重的樹梢
路燈想給牠們壯膽
讓醒著穿過成排的小葉欖仁

我一名午夜歸去的單車客
從涼風中遇見牠們今年夏末超常的演出
喝采才在醞釀

宏亮的聲響就戛然止住了
擡頭一望隱約有疑惑的眼神

單車繼續騎著我的睡意向前行
牠們凍結的寧靜突然鬆開了
回望天空有星星來偷看
想起我剛過了一個牠們來不及參與的父親節

祝福

黃熟瓜甜的季節
亮光放膽在前面給你引路
鈞天的昊樂響起了
劉家創造的歷史很悠長
蕾上等待花開兩隻蛺蝶蹁躚飛來
結出一道噴香的彩虹
婚配有你我的藍天在雙見證
大港口停泊的機動小船要航行

喜袋裝滿親友全給的福分
日曆翻到第一天

二〇一〇・九・十九是亮鈞和蕾結婚大喜日，特作詩以賀。

卷二

飛越

苦楝花

紫色的夢
碎碎的
藍不進你的心
年輕想一口飲盡
有酒苦苦的
飄絮在斑駁的樹影上翻飛
身形綠綠的

一杯斟滿又一杯
甕底沉醪風味澀澀的
中年心裏結了楝實

雲蕩來
海染的晴天穿上幾分灰濛
停駐的風迎面坦坦的
老年歸還記憶
在落花中沉沉斂跡

今事

金桔一圓二圓無數圓開在樹上
聖誕紅一翼二翼無數翼鋪在空中
都盼到了會生風的虎虎的新年

祝福語懸掛纍纍如伸長的果實
迎風有笑銀色的招展
買一份鮮活的喜氣回去收藏
裏面裹著蜜的相思

你從塵勞中走來
帶著些許知識的疲憊
療癒需要緜長流動的空間
遲了時間會嗔恨

開在樹上一圓二圓無數圓的金桔
鋪在空中一翼二翼無數翼的聖誕紅
新年的虎虎又生風都盼到了

春窺系列

樹

它想飛
天空用沉默批准
鳥驚嚇到了
身上一片羽毛緩緩落下

鳥

我要找家

一棵夢兩棵夢都不是
樹開始發火
你是什麼東西

蝴蝶

樹太高了
鳥要的夢在天空
我們低飛穿梭又低飛
藍色的心翩翩

花

零買的世界
有跌碎的時間晃點
光影翱翔的剎那
牽起一袋醉意

藍天

俯瞰你
綠色鋪滿的蕩漾
編織一則沒有尾巴的傳說
裏面要有潺湲的溪流

風

捕捉嗓音
從海角追到天涯
心累了
兩腳在陽光中想軟

無心

呼喊一個季節
得到銀色滿滿的力氣
書寫自己的過去
未來已經晾在眼前

醉

花意有心
綑綁一個紫紅色的結
鬆開後要透氣
發現少了酒

行走

園內小訪
步道閒閒的漫上苔痕

露水吃進草叢
迷濛的

凸

我站著
一尊雕像
天地都比寬比高去了
這裏有點冷

兩個麻糬罐（一）

我已經吃過你的內容
形式花俏點
想像開始的那一刻
做的夢就會昇華

兩個麻糬罐（二）

不要打架
你們的主人吃飽睡覺去了
鼾聲在迴盪
勾出兩綑圓滾等待拯救的夢絮

那粒水梨

我來了
帶著幾分微醺
碰觸你桌子會痛
離開眼睛
嘴得到救贖

三棵鳳凰樹

冬去夏來
它們站的像傘
等待一季艷紅的過去

想著跑離蟬鳴的捕捉
在不必睡眠的白天和夜晚
寂寞留給穹蒼
自由獲得了滿心的驚嚇

還是初來乍到的時節
生澀的眼框不住東海岸的新奇
兩年後駭怕一個告別的儀式
銘記要從校園脫逃

還是冬去夏來
他們站的像傘
等待兩季艷紅的過去

那束花已經蔫了

我以忙碌
在等待一朵乾枯生命的凋零
時間蒸發了
它還在記憶的縫隙裏跳動
剪一段飄泊的旅程
想像它的滄桑

從山脊跨過頹廢的影子會吃驚

回望東海潮汐正藍

離開後送花人灼熱的眼神遇見我的懷念

急問一聲誰把半杯揉過的激情搞丟了

穿透一個沒有星星的夜晚

裝一袋海潮聲回家播種
想像在冷漠城市的水泥磚土上
香精蒸發出了鹹味
帶點薄荷的藍
讓嘴裏舞動它的沁涼

呢喃凝結成思念的箭

往來的方向投射
換回一片空虛夾白的泡沫

讀完空間的界限
夜正在吞吐瀰漫的潮濕
給你細細品嘗

夢醒捲起前夕星月交輝的燦爛
走私收藏
嘆息此起彼落

一個踩空人事不醒
燈醉了

站上浪花製造機
純潔飛過椰子樹下的鞦韆
洋流專屬的愛情薄薄的
許你一彎絕色祕密的避風港

二〇一〇・三・十七夜與雅音、宏傑、依錚、柏甫、尚祐、詩惠、君豪、瑞昌聯詩於「藍色愛情海」。

詩在顫動

裝一袋海潮聲回家播種
幫歇息的檸檬汁發芽
誰的夢還在槳上輕盈的划船
一隻老鼠背著驚慌跑出來
我記得你的臉

遠方有綠島的燈塔閃爍
環抱黑暗後光束要穿梭灰濛

他們倆人盪過鞦韆玩拼貼
眼前浮起唐伯虎虛擬的春宮畫
甜了記憶

涼透的夜
配幾道新鮮的笑語

愛情海剛出借的藍色
溫度都在變黃中

二〇一〇．三．十七夜同句開頭寫於與
雅音、宏傑、依錚、柏甫、
尚祐、詩惠、君豪、瑞昌歡
聚「藍色愛情海」後。

那兩棵苦楝樹

春風幾經偷渡
紫色的夢又在細碎的燃燒
爬上枝椏的綠意探向空中找尋祕密
回眸樹顛有垂天的雲

那年懷詩的女孩來了
她眼裏洋溢的文采

跟皇皇的花期四度相遇
詩篇疊出滿握的青春

每次花盛開到得意的時刻
門縫都會驚奇夾著一束她摘來的甜心
提醒陳年的叮囑已經補寄了
攬勝就留給我自己書寫

今年她返鄉深造
跌進車禍扎腦失魂的黑暗裏

託去慰問的紅包她還了兩滴眼淚
飄浮的生命在跟死神拔河

兩棵苦苦戀著的繁花相望
風華蕭蕭的填滿校園的一角
仰天是淡淡的雲
陪我掛念那抹還想留住的身影

缽

仰望蒼茫遼闊的天
開了口卻聞不出變色的呼吸
喊飢餓會驚動到雷聲

禪客都卸下了袈裟
正在覓尋一個缺角的真理
從你乞討的步伐裏發現
解脫中有沒吃完的飯

流浪兒會用拐杖服伺你
走一段回看黃昏
夕陽飄入眼眸缽底邊緣紅紅的
明天的蹇澀寄給今晚的風

現代保不住飯碗的夫子
揚眉瞬目都在看穿那一襲神仙的薄紗
請捐款兼恐嚇教室的秩序
我們的心才能復活

迎著遼闊蒼茫的天
鼓出的腹早已備下勇氣
來世不要淪落帝王家

無賴（一）

半荒蕪的公園裏，跑出來一棵桑樹，驚慌的低垂著淡紅深紫的裝飾品，風搖曳兜來了一名單車客，可否借兩支回去瓶供，一夥人要煮詩缺配料。什麼時候還還還還還，空氣中迴盪著它高分貝的嘶吼！明年春天吧，你長茂盛這筆賬就勾銷了。

無賴（二）

摘你的邊陲
有幾虬守護不到的春澀
給我酸透靈感

葉子望著一樹燃燒的顆粒
沉了沉剛醒來的夢
帶兩撮希望去投奔自由

教室內有人詢問
假借名義天空鐵定會變臉
但賭歸位卻太遲了
答案已經插在瓶子裏

補綴倉皇的神色可以幾縷
准你摻雜空蕩的響聲
我偷偷地充當援手救了自己

最後眼睛斜切過來
就當你的心吃到秤頭硬到嘴
忘了想像鄰居要解放

釋迦

漫畫上有個人
一直頂著半片釋迦
他不說話只管窮打坐

蒼蠅來了風很快將牠吃掉
眼鏡蛇撐起一把傘嚇到閃電
行人開心的落跑
忘記把頭帶走

幾年後旁邊多出一個攤子
吆喝聲在他的眼前繚繞
一片釋迦換一斤瞌睡

調寄杜甫

電視劇裏的苦命人
兩個紅粉知己陪你的詩走過海峽此岸
遺憾還是記在你的飢餓史上

滿朝都過敏講真話
你卻想用屁股去塑造它們
只剩一陣風吹拂

君王那老子別跟他耗了
痛苦薄如蟬翼
飛太快自己會把它吹破

回家靠貧窮養老
會驚嚇到一顆古井裏的心靈
它從來沒有想過有錢

江上的炊煙是那麼遙遠
銅盤隨水流還給李白
夢悶死在一場過撐的飽脹中

與聶魯達對話

馬利歐的頭顱掛了一半
你回來聆聽到他譜唱的輓歌

海的潮汐自己蒐集很多的迴響
小漁村兩個孤獨的靈魂默默地蹀躞著
晚霞中有風的哀鳴

鐘裏多出的千隻手
在鍵盤上敲打一行詩
字句都黏著頹喪

歸去是一條石子路
南美的政治昨天還在滲血

兩粒芒果（一）

成熟還隱藏在青澀底下路人看到樣子笑了
那是撒旦引誘夏娃後回頭塞給亞當偷偷去播種的禮物

兩粒芒果（二）

提早離開枝頭葉子會痛苦
明天把你煲燙想像已經給它迴向

兩粒芒果（三）

撫摸一次華髮會抗議兩次
從旁邊走過去外面的陽光正燦爛

卷三

飛越抒

觀賞「四季：音樂・詩與繪畫的邂逅」有感

時空穿越歷史的薄霧
燈光的重量動了
韋瓦第提著四季的音符來到舞臺
新許的心願裏有層層的花香

琴音交織著幽人的閒情
一絃一個流水的華麗

鯉魚山下可以鋪排的夢
都給了它甜甜的銜去

畫山畫水不畫仙境
色彩開始學會自己偷渡
焦灼東海岸後借你三分力氣逃出
來年昇華成澄澄的金烏

詩的喧嘩穿梭
幾分亙古的心靈

撥開了藝欲俊秀的容顏
醉眼儘管茫茫的飽飫

我來我去的儀式
像風中的駝鈴
已經減響過旅途的勞累
剩下一章徐徐的溫度

熟悉與陌生的辯證
——二〇〇八亞洲大學第二屆「全球化與華語敘述國際研討會」記感

誰的全球化要上場
華語敘述在邊緣嘖嘖作聲
語言和身分卯上社會的流動
在地影像跑出視覺的捕捉
給原住民的議題去呼喊
翻譯不能簡化線條

許多族羣都會從廢墟中開始敘說故事
我們追到的主題很前衛
內在的視點有詩人和撒旦兩種版本
水墨人間系列透過縫隙戳到了後現代
新藝術食飽未
還沒

趕場

——遠酬杜牧

清晨微熹
明著我要把這一天孵完
時間剛邁過六個刻度
節裏的心情很包裹
雨最好別來
紛然的愁緒就像天邊的浮白
紛紜放射有致

路遠杳
上風處站著人家
行走會變成一個江湖的儀式
人來人往蕭條得很
欲的問題去深山黑水尋找答案
斷成幾節後別回來
魂已經驚嚇到
借一盃薄酒
問兩段故事中的荒唐

酒喝完了
家還在蒼茫處
何時再來結識一片遼闊
處境沒有你要的滄桑
有景點

牧笛吹響了
童真別過清水
遙迢的路繼續在前方爬行
指點欠一場微醺

杏林在望
花間也許還藏著幾壺冷冽
村前村後成踪

週末一場春筵

——振源家烤肉記趣

灰濛的天空
籠著綠意蜿蜒上山
閒閒的趕上晚春最後一道冷風

華屋傳出了幾許驚喜
孩童推著爺要迎迓剛沏的熱情

從草坪的這頭漫過那頭
隨生新甜的

火爐跳躍起閃亮的油脂
艷錫兼嘴饞的想到一瓶記憶
裏面有貪歡和酒

主人擺了滿桌的盛意
碗碟中都是黏吃的故事

快語才要爬上眼前那排南洋杉
詩就沐著清涼偕煙遠去了

一罎風花雪月
釀過午後酥味的時間
餘與全給了擂茶香

與春有約

自從蘆雪庵遭劫
大吃大嚼便不是罪
飽飫後都要錦心繡口的賦詩
才子佳人的大觀園沒有你要的門禁
情到了就發
酒尋常物微醺會說話
滴進胸臆催熟午後延平的清歡
新許一份悠閒對山

註記給風隨雲
明年過境的時候放空

在酒的國度

——記中秋前夕一場烤肉

東海岸的夜空
有微醉的雲
星星早已藏匿去了
地上架起三爐熊熊的火
迷濛的霧正要穿過

肉品魚貝時蔬齊全我們的歡聚
忙碌的斟酒人在撿拾歷史的遺緒
它漂流了一個又一個世代
驚異從勸飲聲中悄悄的升轉
酒國裏的靈魂倏地再度的相逢

酵母酒精製料蒸餾創造過的世界
像一汪可以攜帶的海洋
沉湎後自我陶然搖晃

客居只輕許一夜的激動
我們的心在零距離裏徜徉

最後酒與給遊戲添加了濃度
話題是一首詩的代價
仰望還在孵育的圓月從雲中透光
嘉會已經代它補滿新奇
天空暈了我們沒有

與語文教育共舞

歷史的列車
一節有一節斑駁的記憶
趕著夢想的翅膀
起風就要飛向敻遠的藍天

那時還在耽戀
椰子樹上一顆太陽的成熟

山呼應海也洶湧
蘭嶼和綠島都看見我們來了
乘著那一古老的列車

記憶開始斑駁以後
夢想會更堅實
俯瞰大地成了最新的儀式
在這裏心知道曠觀寰宇
剩餘的情節有波濤

東海岸鍛鑄了幾則傳奇
都著染上我們供養的色彩
踢踏的步伐後面
已經響起追隨的隊伍
與你結石緣來共舞

語帶溫暖
文心好去煮酒
教導天開傾覆的扉頁
育成後歸鄉

問天

——參觀東海岸漂流木國際藝術創作展途中

還在山上時頂著天
它們都有一身飄逸的蒼翠
一場風雨掃過
脫光了它們的衣裳
滾進河裏漂出大海沉睡在沙灘
詩人藝術家相偕去呼喚
靈呵你要再度挺起

我們會給你和來時一樣長的新生命

如今部分登上了岸
伴著海風裝飾成一座藝術城
或立或臥或斜睨向天
刻痕中有深深的輪廓在問
幾時這副怪模樣可以舞一段長空

有些傷殘的
被豎立在草地希冀它們重活一次

拗折的把你釘成圓球
陪伴那個懸吊著的臺灣
阿里郎也來湊一腳
喜歡守護半座白橋到終老
綠島浮出氤氳
入夜燈塔閃爍忘了祈禱

那天嘆息還留在海邊
從一記浩劫裏看到未來的舍利
現在它們的命運遭到稀薄逐漸在蒸發

輸掉了衝撞的記憶
再也回不去午夜夢迴的家

新詩講授集錦

鴨子和熊的對話

我們一起呼喊救命
用火星文發簡訊
得到兩匙的魚和半句水的詩

摩登教室

走進來
端坐成一部　機器

電腦解析連結了
眼前浮出綠色的畫面
哐的一聲
講臺上那個人穿梭在小丑裝中
他獨白了半齣戲
伴著新舞步
高歌一曲然後走向黃昏
裏面還在等待風雨

在利嘉溪和知本溪之間

兩條乾巴的黃龍
拱出一座嚳宮
風吹過沒有楊柳遮蔭的湖
嚇呆了半隻躲避的水鳥
鐘聲響過十三點
鞋在慢跑
風車遠遠的要回家

一棵樹的流浪

自從折斷山的力氣
滾動的水中就有影子載浮載沉
站立在海洋
沙灘已經倒下一排骸骨
起來尋找位置　有
空殼舞蹈
旋進藝術的國度
它看到自己的死亡

雲的存在

東邊雨看著西邊晴
它只守住一座禿禿的山
風從底下湧上來
重量無端的想飛

今剩餘

——記第一屆臺東詩歌節

後山依戀後山的歌
響起一首遠古的聲音
記憶要啟航
流浪的人都來取暖
縱谷有冬陽看過

洄瀾隨著黑潮南來
在鐵道說廣場後院的故事
曲子還沒有燻黃
東海岸已經飄出迷香
黏著藍天出征

青春網羅的大地
一條溪卑南的蜿蜒

吟遊在洪荒的災變過後
山河好底先望
潺湲允諾水寫一首詩

燭光嵌進歌的依戀
流淌出影像交疊的稠密
薔薇深層的綻放
細語一小段的天籟
獨行女聲婉孌的貼近

鹿鳴宴

思緒抽絲在一杯酒中
格律從唐代跑來爭先恐後
急著搶奪詩人的腦袋
築出一條文字的高速公路

高談補償過了闊論
菜餚還在冒煙
忽中忽西夾帶一車現代的古董

正在給最新的故事裝潢

啜飲深暗年份的威士忌
配半進口的起司

他在書寫大方的美國哲學
泛紅的臉頰有得意穿梭

鹿鼎記已經很遙遠了

鳴金就必須跳起來收兵

宴會後回家熱熱記者
慧中人盛情請客

二〇一〇・一・二十九黃筱慧教授宴請
大夥於臺大校園內鹿鳴宴。

破繭化蝶

——給東大最後一屆語教人

沿著東北季風的路線
島悄然蛻換過四個寒暑的容顏
驚嚇到一名旅人埋藏的心影

想你們才剛在這裏棲身
蠕動的模樣有幾分的生澀
爬行啃食的痕跡還夾著遺漏的夢

後面沒有追隨的隊伍
喧嘩是最新的禁忌

你們繼續伸長意志
走過校園無人阻擋的距離
兒文故事學紅樓夢頻頻的相遇
苦楝花開了又謝
終於再見變大的身軀在探詢另一個世界
蔚藍的天裏有出水的記憶

後半招呼零星偶現的日子
想念成了揮不去的形式
遠遠惦記著你們缺席的教室
盼望總是要在鐘聲後遲到

如今光陰又催熟了你們的別一段旅程
蛹進蝶出繭上有興奮的淚
旅人會重許你們長長飛舞的夢想

巡街

——記美雲送的一臺越南三輪車模型

雲淡風也輕

出門頂著一藍天的希望

踩上自由的道路

嬌客坐計程車去了

靜候纏包袱的人

他們的視線不會飄散

前面是回家的牽掛

給不出小費
一張臉有過期的等待
蒼白的承諾正在行進間醱酵
速度抵達終點
對話隔著背太陌生

隨喜還在前進
踏板上的命運不能低頭

過完今天忘掉前天
讓艷陽發威

新鮮已經躍上坐墊
前面班鳩開道
老太太你的車錢跑得太快了

關聯的關聯

——記「會話、溝通與認知：『關聯』研讀會」

仲秋還在鏤空的灰濛中
憂鬱就把臺北拴起來
窗外椰子樹的顫影裏有淡淡的夢
幾顆不凋萎的心靈
已經從室內連結了古今無數回
豪氣用來跟格萊斯決鬥

對話中有語意要逃離合作的現場
斯珀波窮追不上了
留給現代虬髯客去客串海外國的拓展
聯合到一場眾靈的歡會

界域撈過飾物創意在飛翔
透明到普普的頸項
儒教打算從島內復活
一步半個印記
整點走出臺大舊總圖的迷霧

勇士著彩妝告假貪歡去了
會務有翎女美艷細理的編綴
渡過貧瘠轉豐饒的午後
娟的出現伴隨著咖啡的驚喜
送來綿綿的思念

宮殿新栽了一棵棟樑
認知交際由你挑選
關聯的最大公約數裏有高度心力的耗損
回返優化後就會皆大歡喜

論孟慢點前來攪局

玲的潤澤從臺中趕場
沙了喉嚨可以煞住一座黃昏
拱豬換羊總動員准你缺席
哲學敘事H1N1的譯名飛了
明年換個新鮮的

曾參與的場子都熱呼呼的
中哲揀剩的西哲站起來飈揚

管你是語言還是非典
從歷史除名的過程足夠風去消費
餘額的媒介很現象學

隱喻幫我召喚
一隻躲在文字堆裏黑黑的諷刺
沒有原則給你孵熟後改造
文字要解禁
投向時序推出的冰冰的冬陽

孔子的痛苦指數自行游走了
掩飾非創作高才是三千年的極機密
他升上天仍然在苦苦的尋找詩
夥伴有蘇格拉底耶穌基督
智慧發光藍藍的

寬容本體荒蕪不到存有
我們的邏各斯會抓回沉默的鴨子
餵你一匙溝通

等協商進入恐怖哲學的列車
學術就要抗拒唯一的死刑

有使者進來總結恐懼
空間焦慮穿梭著時間焦慮

緣還在流動

——給九七級日碩班的夥伴

炎夏又催熟了東海岸的艷陽
細細數過楓葉再數白雲
牽掛的是那鳳凰花還沒有全開
蟬鳴當心在棲遲一場早定的盟約
好樂迪的歡唱聲裏
有我午後不捨的熟悉的身影

欣喜樹的茁壯備份是心怡
美麗島飛來一片南國的祥雲
振動了詩的豪與歌要去尋找水源
韻多彈跳古今准你追比爾雅
君不見卑南溪畔有雄豪
月光下旅行很文學夾帶梔子花香
詩沉甕底釀出一抹晨昀
瑞現東方中氣安住會加給遐齡
玨玉璦璦後藍田已經長青
佳人自渡飛上枝頭絢了芙蓉

蕙風到處飲食渴望眾生在終結芸芸
靜心飄洋歸來插花最安怡

邁不開那一步黏著的離別
驚喜贈我的腳踏車裏有濃濃的情意
踩上路往事在心疼
乍回頭綻放的容顏重來眼前躑躅
期期存願你們
揚帆時無風也無雨

共吟一家香濃

——給九八級暑碩班的夥伴

兩度暑天都在補聽
窗外蟬噪的高亢
有人走過知識快速颺漲的國度
驚奇許多來到的奔躍的靈魂
一起譜出共乘的方舟
在迎接陽光中給你不必賒賬的未來航向

清晨的露滴有陳釀的思維
芳槿攜來了四季的紅艷看汝
怡人的故事漫爬上枝頭最相沁
子思繼業遙想開出一串歷史的美媛
益世的書來不及記載全託付給裝詩的山
欽點天使的羽翼扶搖到了神的領地要問媄
惠賜滿車的福份有蝶戀成羣
獻身非人的採訪然後蒸發的證照會增加
秀一場來自森林的舞蹈釋放撿拾標點的學子
慧了策略在閱讀場域流動中有明玲

玉悠閒地昭亮藍田換來澄澄環帶的真玫

吟向敻遠編織一張說故事的網卜算說可禎

欣遇詩質電影的掙扎後援手給出多玫

麗日翻過中央山脈在東海岸停留尋找一把古琴

振落了成堆的音符說要去祝福年豐

淑妝改變雕飾氣派依然數絕佳

璦出美名煥發一輪朝陽產地還有新玲

彩麗文字精繪的版圖橫貫著年年滋長的長虹

心繫後主的憂愁通感意象從詞裏浮現教你仔細鐫銘

紹述聽過傳奇的耳朵前進路上有聲音在感恩

銘刻一段後設相思贏來千里外的心儀迭代想要共嬋娟
秋實甜美如佳釀嘗了記得去賞花堇
桂氣穿透薄薄的數字轉身提携半度的飄萍
輝光走動驚嚇到整山金針將認證閱讀寄託回程
惠予原味啟蒙開始新紀元成就了一顆夜明珠

綠島在遠方呼喚蘭嶼
藍了二十五份備齊的心情向天
鯉魚山還沒有謄出我們嚮往徜徉的采邑
准許場內場外共吟古往來今潺潺的詩

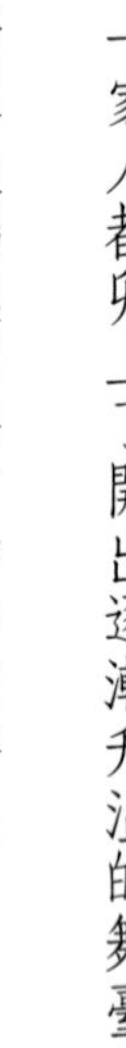

一家人都卯上了開出逐漸升溫的舞臺列車
謝幕後端起掌聲有咖啡的香濃

樂翻一個無須月亮的夜

——語教所夥伴煨熱的周某慶生會

當問題秀完以後
一段錄影藏了二十餘個倩影
溫馨迴盪在語教大樓
天蠍男忘掉的日子
赧然的從歷史被召喚回來
他沉醉了一如極地初逢的新雨

雅致永遠要給天音

朝東已經光耀到了文字書藝會長茂
晏餘的情緒特好配穿齊綾
詩結了同心圓給出恩惠
依戀已遍最想鏦錚
裴回飛渡露尖有成千的麗翎
宏圖展衍看見了俊傑
尚方寶劍不輕易許諾過期的福祐
瑞象輻輳全家都得到榮昌
評定等第最後勝名通向大凱

文昌君拴著朝日前來報效端正

梅果熟了雨露集體歡欣

若是春去秋來私攢的季節適合廣涵

綺美的福報連環

文事添一筆財運如榛

春陽孵熟了天邊會說故事的彩霞

秉你幾寸相思都嘗著甘霖

子時後的戲碼不計較柔還剛

柏樹在庭前終於結識流浪千年的杜甫

美顏明艷一整個越南的雲
韻華悄悄的爬上心頭連聲說雅
瑞氣從東海祝嘏翻出久久還在髫齡
詩化的心天天穿越祥綻的昀
玨分享出玉塔羅常青
月影漫上了花叢有餘香
盈揀半途送來早發的晞如
淑姿原來毋須及身還
偉岸比長過路途競爭新的豪雄
郁郁文采煲著來年一起促膝品茗

玉在底基開放一盆不凋的蘭

去年廿五今年減輕變十八
白髮消磨的歲月停格了
兩場舞蹈配上黏心的不哈歌
聯匾禮物接手無限的感念
開懷是今夜最長的記憶
驚訝都在包圍的祝福詞裏

卷四

飛越抒情

《漂流木》讀後
——致岩上先生

詩人不老
心還壯
寫女人雙腿間的閘門大開
狂歡的鋼管很夜色
乳房飢渴了檳榔
眼球給想像清涼的射精

爽到路邊一輛汽車
高潮自行離開

胸罩連著三角曖昧地帶
奶大的大陸已經看不見鼻小的島嶼
抗議變成一場瘟疫
蔓延在春藥的洗禮中

隱喻六輯的衝動後
最愛無事漂流的海洋

林木改造過骸骨慢慢的浮沉
重新尋找永恆的神

飲譽留給明天

——致莫渝兄

走入法蘭西的胸膛
插一朵詩艷艷的
告捷回來報給你鑄金的信息

呼喊歷史海島應過了
詩人端出的力量亮晃晃的
書寫後路在遠方

兩顆子彈渲染的硝煙
曾經薰焦了歷史的傷痛
島上的幽憤一半可以療癒
星月不能窺伺的祕密
留予敞開的黑牢去終結
裁判那個世代記得還給天意

詩人孵詩
跑出的意象很跳躍
穿戴紙尿褲的政客不定期更換

我們自己醃製存在然後放光
這超現實的人間多的是不負責的劫難
瘖啞的言語必須復活

《澎湖的夢都張開翅膀》讀後

——致渡也兄

追逐澎湖的風
小島在顫抖

故鄉從記憶中無心的瘖啞了
你還要走過去緝捕
飄失的一尊昂貴的雕像

玄武岩長腳走了大半輩子
剛好停在你手握的時間點上
放不放關係眼前的流浪

吉貝沙嘴吃進風櫃的濤聲
地景都給了跨海大橋
七美人塚挾持望夫石看到西嶼的落霞
驚遇一個醉倒的詩人

澎湖的夢翅膀還在成長
你歸來它們得到自由

臺東的陽光依然燦爛

——兼致董恕明教授

元宵的歡騰才剛減分
離愁就在旅人的眉宇間高升
東北季風停了
一輪明月從金澤到黃昏
這裏的夜又悄然無聲
來了又去的記憶

總是還沒收藏就在夢中褪色
東海岸有雲可以築巢
愁緒卻要擔心那裏去歇腳尋長
走幾步前方的路已經疲軟

昨天的心情還是淒濛的
看到長者告別全家人去仙境
東方的神靈一樣忍不住掩面哭泣
沒有回程能夠承諾
遠行就成了今生最後的歸宿

活著也許是在迷戀一個儀式
百年設定它的終程
東向風光的人准許提早離席
淡淡遲遲的名聲
遇到冰雪很快就會凋萎

無常編撰的故事內有糖味
喃喃黏甜的乘一縷輕煙飄飛
東來客居已經結識了蹇困

擡頭望去一片晴空
臺東的陽光依然燦爛

跟著詩遨遊

——張默《獨釣空濛》讀後

空濛准許一次獨釣
影像要逃離文字的捕捉
詩帖放送給全球驚悚

擁抱海內的浮雕

舔著口感在鹹味後有點辛辣
風櫃配俳句遙望江南煙雨

古城題寫落日淚醒了

酩酊於海外的神殿
狂草被叛逃凌遲
鐵塔上聚著一羣黑天使
正在練遠征的大合唱

旅行歸來
世界重新進入詩中建檔
獨釣忘了空濛

散文如詩

——簡政珍《我們有如燭火》讀後

當散文走出文字的洞窟
特權就為它鋪了可以奔跑的路
意象來會事件穿梭理貫中樞
一疊七彩的雲飄在家門口

先點起燭火的人早享福
燃燒的灼痛都歸因有散文

不知微塵更無論風暴
出手闊就是兩輯長長的響聲
歷史的騷味一向都在埋葬最新的用詞
背叛邊界後我們才能端出文明
驚夢一場得到一束燦美跌宕的詩化散文
困苦原來是保證醞釀奇蹟的催化劑

回到散文看到已然趺坐的身影
有住無住無念有念有相無相
想一切會沉澱時間就不會來報復

你所填滿的生命空隙中在溢香

感念以外

——致王萬象教授和簡齊儒教授

都是第一次
相遇就接續前世的盟約
在踐履的儀式中驚詫親善
沒有牌局的險巇
只為了承諾

承諾年年的淨心
忘情於東海岸的山巔水湄
跟隨季風的游牧路線
書寫一頁雲的傳奇
淡泊今生

今生快了追逐情緣的節拍
奔波窮困後欣見
舒緩的旋律
已然輕盪在邊地花香的徜徉裏

陶醉可以抵償有心的回饋
回饋你們百般的愛護
遺憾只剩一顆歷險江湖的餘悸
他們都在爭奪別人的痛楚
把希望寄託過去
得意的搶先站上擁擠的舞臺
舞臺需要黯然的身影自己落幕
翩翩無法帶著出場

前面有遼闊的蒼茫在等待
返身眺望是未來最深的顧念
第一次再約定

卷五

飛越抒情帶

對決經典

——在王萬象教授課中聽簡光明教授分析《春風化雨》有感

惠特曼一早醒來
發現林肯已經解放了黑奴
基廷走進教室開始叫喚
船長要出航
抓住今天瘋向文學海洋

古詩人社裏沒有性
留給你懺悔
七個年輕的戲迷粉墨登場
划起槳在風雨中飄搖
附和聲外有變異的生命誕生

你出場我退場
扮演人物記得叫出玫瑰花蕾的名字
統一性跑不到結局
泅泳了就會知道

上帝接不到為祂準備的電話

詩稿可以接力
一刀一羣海鷗紛飛
繞著燈塔正在徐徐的放光
嘴巴啣著柴可夫斯基的序曲
穿透貝多芬的鋼琴協奏

命運不會捉弄自由
悲劇轉面看上了喜劇

伏筆會呼應你
全部站立桌子要歸還反叛
解雇船長帶走我們的心

虛構最後一幕
張力挾著情感返航
解放在真實中繼續搏命
附送一段冒險的故事
週三午後的電影饗筵餘音裊裊

意指什麼

——聽楊秀宮教授演講「哲學教學」有感

哲學開講要問
是或不是選擇一個你喜歡的
問題有幾大籮筐
答案在反向思考中

愛智懂了
形上學就會卯上知識論

邏輯穿透倫理學後
心性論才跑出來

方法太難掌握
止境等你去呼朋引伴
算命是很好的出路
偶爾搞點魚目混珠也無妨

宗教的神想發言
哲學退到一邊涼快去

讓產婆法對抗一問一答
自然就通了

洞穴駭怕有人講真話
套你和因材施教不在同一個國度
留下耳朵嘴巴封住
共通的路上我會點頭應允

哲學人生靠關鍵字蒐尋
備忘了就能開出自我的活水

感性與理性是的
斜槓後面很快會接到心靈病房

死亡的鄰居不是逗號
拿回去重寫記得加一聲感謝
道恩的詩沒有斷句
驚嘆在真理中看分合

無名的劍無法

你在可以活許多人

方法論出線
立場各自擺明

胃痛到不了觀念
繼續跟它纏綿
給你烏陵我獲得土明
祝福大家一起享用

牧羊少年的奇幻旅程結束了
仍舊有是和不是的辯證

我們互為主體以後
感覺停在一個美好知識享受的夜晚

在知本相遇

——記余光中教授的一場座談

東大飄來一朵絳雲
落下幾粒甘霖後就要翩然的遠去
鹹鹹的海風能否留住
詩人一席華音裝飾的話語
新揭的銅刻會見證
後山蒼涼的歷史裏的一段沉噫

冷冽的颼颼有聲

回望車過枋寮

西子灣在前

傾斜的地表向東流出一枚浮槎

悲歌開始堆疊重量

遠方不再戰爭

鄉愁已經給耦神詞借韻去了

蓮的聯想在雨中等你

迴旋曲要配新譜的白玉苦瓜
高樓對海然後收到一把裁夢刀

五四的夢魂想回歸
德先生輸給了賽先生
文言你得漫步
落日昨天還去西部找詩人
撲空後記住醒來

兩岸在競跑
西化的路途很悠長
我們可不可以去高速公路追李白

飄泊的人能呢喃什麼

——看王萬象教授談周慶華的詩有感

今天微風的經過熟悉的店家門口
一株芭蕉移出來用半截的身姿搖曳
陽光懶懶的把它描繪進去
我想知道如果陶盆逃跑它會不會留著

單車繼續前行
家在旅次中而我卻忘了驛站

剩下一縷遊魂逐風探月
回不去起點也無所謂終點
藍藍的晴天有雲

詩景詩境都在小心中給你捕捉了
我流連文字發現羞赧
一句褒美配置半句責善
活了準詩人的神經
頻繁的仰起頭敢情可以再生

從蕪情啟動後就不能額外純情
只盼望未來的世界足夠寫上七行
想又見東北季風仍然又有詩
剪出一段旅程前我就沒有話要說
新福爾摩沙組詩裏有神的容顏

那邊的時空勞你去規畫
曲筆轉折為的是要彩麗競繁
骨感色澤統統會升溫

還你一個沉沉飄逸的誓願
我的旅程還在別處

呢喃因為有芭蕉
它進入夢裏很紅樓
開了詞壇不禁再豎個詩社
半截依舊風光
繳給你另一半我的激情
物象心象影像交織瞬間的記憶

准許我從虛空遁逃
躋身詩人行列等下輩子
細數今生最愛的還是遊戲語言

發現

——在東大頒贈蕭泰然名譽博士典禮現場

有點輕冷的朝陽
在東海岸迎接一顆依然耀眼的星
蕭蕭不落木紅顏長駐枝頭
泰斗已經有樂名長腳傳揚海內外
然而心最繫的還是福爾摩沙
獎是說不出口的惦念
見證中發現一位美麗的天使

如今絃歌聲要給你的榮耀裝飾
感動停在晌午
眼淚留給下一次的相逢

轉進詩的國度

——聽孟樊教授演講「現代詩創作藝術」有感

一顆星帶著意象
從臺北飛過來臺東
擬人擬物象徵反諷轉品都跟著軋上一腳
不是難民的不能偷聽
話語會隨風飄逝
尋找李白卻遇到雪崩

水紋中無調歌正要捕捉逃亡的天空
睡眠此刻坐在教堂已經要作禮拜去了
這裏沒有音樂來阻止下萊茵河
切入主題就會遇見大大小小的珍珠

鸚鵡遙望長頸鹿
夢從死水裏活過來
你經過辛亥隧道時是否也在修正詩的路徑
一滴果汁掉落給了深淵沉思
躍出馬蒂斯拋剩的顏彩

車站慢點留言
詩人還想譜一段如歌的行板
鄉愁呼喚雨季
孤獨像蛇在奔竄黑森林地帶
三角洲留給糾紛後的語言

知識分子的黃昏要對抗赫魯雪夫這個好人
瘤自成一種風景走入沉默
邊界還有古蹟在獨步

偶然的戰爭不必掙脫你我的掌心
讓睡著了餘燼的蠟燭復甦

再別豔影記得採用頂真

跟醉漢賭一首詩
靈感從此就知道去那裏自助旅行
外星的訪客來處沒有鐵柵的窗
回程送你一條煲過的銀河

推進到靈性的高度

——聽歐崇敬教授演講「文化創意產業」有感

哲學召喚出創意
文化使者持著火炬翩然而來
在烈陽中依然熊熊發光
照亮靈魂也照亮趨勢
創意回過來要跟欲望談判價值

企畫了產業就開始奔跑
你要不要行銷看便
公關是最後一個起死回生的眼
對比只需少少的人才

挑動知識分子的終結
落差給買走的可能是明天的冒險
考你趨勢不管一堆古典的理由
大師已死只剩三五書骸
瞧一瞧遊園驚夢就知道了

浮光掠影後
兩隻貓賺到很多錢
震驚穿梭過一部卡通和一齣音樂劇
禁不起誘惑的別來攪局

兒童版的解構主義正夯
出書抱回家寶著道德對不起一大羣人
通路在世界迂迴很辛苦
那天如果想起躲在角落的讀者
經紀人一定囑意你

掌中戲幾經翻飛
舊酒找到了新瓶在充氣
破了就有辣味跑出來
別去炒作紅遍的暗戀桃花源

嗅覺敏銳的包辦所有的賣點
轉成血汗工廠格調就會開始升級
美帝的糾纏由你去擺脫
鑽出後現代魅惑的舞臺很現代
拯救地球靠簡樸的新創意

後記　想飛的心情

暗應朋友期待要出一本抒情詩集，但寫著寫著卻又想飛。這本《飛越抒情帶》，就是一個見證。當中飛／飛越／飛越抒／飛越抒情／飛越抒情帶等分卷所顯示的漸次遞進感，無非就是要讓這一「想飛」的心情奔迸出來。這不是我無法信守承諾，而是寫作的「快悅」拘束不了。

卷一飛系列，多有特殊的際遇。像〈蛇夢〉，就是一次有條蛇竄上宿舍二樓走廊，我來不及理會，就匆匆離去，而後連著幾夜都夢到蛇。夢中有驚險的鏡頭，也有滑稽的畫面，卻「百思不得其解」如此的夢境由來；一天忽然想到蛇也許是來討詩的吧！因為我給許多動物寫過詩，獨獨遺漏了蛇。那首〈蛇夢〉就是這樣完成的。此後，夢裏就不再有蛇。

還有〈獨享一輪明月〉，也藏著一段奇遇。那是二〇〇九年元宵節前夕，臺東街上鞭炮聲此起彼落，我一個人獨自走在海濱步道上，夜空中皓月周圍突然出現曼荼羅式的光圈，內層白色，外層彩色，似乎是專為我布置的。我邊走，它還邊變換花樣，一直到回程它才慢慢散去。

此外，〈望天〉中那隻被拴而極度無辜的狗，以及〈一隻蟬的死亡〉中那隻躺平在陽臺而姿態依然優雅的蟬，也都像前兩首詩寫作背景那樣進駐我的視域，以至書寫牠們也就帶有「緣到」的心情。

卷二飛越系列，則多為陳年感觸。當中〈那兩棵苦楝樹〉，是在哀憐一個車禍受重傷的女孩；〈三棵鳳凰樹〉，則是在不捨暑碩班夥伴的畢業離去；其餘多在日碩班「新詩寫作專題」課陪著修課的夥伴一起寫的，詩風多變化且間雜學派理念。

卷三飛越抒系列，全為各種活動的敘寫記感，場域多已標誌於副標題中。而卷四飛越抒情系列，則為跟詩人互動的餘絮；他們或贈我詩集，或同我一起論學，當有詩藉為致意。

最後卷五飛越抒情帶系列，是徹底「飛越」抒情帶後的寫真：詩人余光中、音樂家蕭泰然來臺東的盛會，不能沒有詩相送；友人光明、秀宮、萬象、孟樊、崇敬，或受邀來演講，或談論我的詩，也當有詩答謝。這看似情隱匿了，實則還在言內，他們當能會意。

可見原先是要守著純抒情的本懷的，不意寫後重理卻又飛出了抒情帶。這種弔詭現象，我也難以細數裏面的轉折；只能說詩人的藉意象逃逸的本事，我差不多也經歷了。換句話說，詩人是不耐只守著一片江山的，他的「開疆闢土」的雄心壯志永遠不滅。而我既然忝為一個愛詩人，在這個攸關生命富華與否的當頭，自然也不能懈怠以對。

回到日碩班的「新詩寫作專題」課上，依慣例我邊談他們邊寫，期末合印了一本《探索黑潮》創作集。他們的靈思妙喻，多有可看，忍不住要選篇來一併陳列：

三輪車

王文正

轉動著奔波的人生
一刻也不停留地
往前進
從熟悉到陌生的地方
孤單的人找到一時的釋放
終究
踩著孤單的回航

尋不停下一次承載的心情
擋風遮雨
只為了無止的生計
轉動的輪圈

吱啞著無聲的生命
往回走
回到起點開始下一次的等待
繼續重來
與陌生相遇

寫詩的一百種方法　巴瑞齡

第一種　沒有想法和方向
　　去你的方法
第二種　那是一種想念
　　無止盡的
第三種　吃了再說　喝了再說
　　最好就此長眠

第四種　如果寫不出就算了
　　　　天份很重要
第五種　我想想……
第六種　你也不會嗎？
第七種
第一百種　結束

乞討　江宏傑

感情的單行道
一路走來
遇見了昨日的情人
擦肩　離去
站在感情的十字路口

只有熟悉的陌生人理我
他們都說愛情變質了
變得反覆無常
並且還咬傷了我的手指
拉扯我的頭髮
只有不斷縫補心中的千瘡百孔
依然是傷痕累累
被掏空的愛情
見底了
我已經一無所有
我還能乞求什麼
愛原來不能永垂不朽
寂寞的離人　種了一滴眼淚
曝曬在陽光底下

盡情的哭吧　流淚的天空
再多給我一些　不用再乞討施捨
只留下我靜靜等候
施捨的慈悲

化緣

江依錚

作繭自縛的受困於無聊的現實
伸手想觸及卻無法掙一個有緣人
拖著疾病纏身的軀殼佝僂於晦暗的街道
有所求也無所求輪迴著恐慌與矛盾
是如何的緣分讓我身於此刻
是動盪的社會是放蕩的人生還是可笑的宿命
畫一個圓隔絕同情與厭惡卻無法擋去自慚形穢

要一口飯來治癒一條腿的味覺
延續生命是看似合理卻又悲壯的祭祀
地獄天堂的差別於出口的延續導向
我走了這一遭卻無法瀟灑的離去
填補殘喘只需要一個鏗鏘的嘲笑聲
任憑悲慘輾壓有缺口的圓

下課十分鐘　呂蕙芸

噹噹噹噹　噹噹噹噹
你今天中午要吃什麼
嘿　陪我去廁所
三年一班　周大寶　請到訓導處
請你幫我代一堂課好嗎

她昨天在部落格罵你三八
為什麼你今天又遲到了
請大家把考卷交到學藝股長那
快點　動作慢吞吞
下禮拜可以來打羽球的請舉手
噹噹噹噹　噹噹噹噹
老師　我想上廁所

恩愛　林月香

過來，抱抱ㄋㄟ
白痴，自己去送死
你都沒聽我在說話
袋鼠一過來就全死光

好想你喔！

剩一個人了，還不趕快生人，白痴！

乖乖，多喝水

幹！臭雞八！

不乖，狗嘴吐不出象牙

要死了啦！

親親

腳要斷掉了

很大聲ㄟ，你耳朵聾了喔！

厚！隊友有夠爛

很久耶！什麼二十分鐘

龜在家裏，二國打我一個

很過分耶！你不知道我已經煮好了嗎？

呵呵呵，咔噠咔噠咔噠
快點啦！快點過來吃飯

上課

陳君豪

噹噹噹噹　鐘響了
趕快衝進去，安全上壘
今天要上什麼課，聽說是國文課
國文課本沒帶，我只帶英文課本，可是今天沒有英文課
今天老師好嚴肅，我只不過課本沒帶，又晚到了一些
問題不會回答，上課時看外面的花草風景
中午要吃什麼？雖然現在才八點三十分

三輪車夢翔

許晏綾

輪
輪　輪
輪　輪
輪　輪
輪

齒輪與鏈條帶動著，
究竟是路程
抑或是命運的進行？

前座殷切的好奇目光，
不會蒐羅額角浮現汗珠與青筋的風景；

結實小腿肚，
踩踏是寄望的將來。

海那一端曾是不敢夢的想啊！
一步　一步
也這樣到了。

輪
輪　輪
輪　輪
輪　輪
輪

桑椹（散文詩）　許瑞昌

那天下午，老師拿了一株桑椹進來。看著桌上不起眼的小桑椹，我不禁喃喃自語起來：「這桑椹也小的太不起眼了吧！」此話一出，我便後悔了。它好像聽懂人話似的，不斷地向四周茁壯生長，一下子就衝破這棟水泥房舍，還長出一纍纍五顏六色的果實，既高大又奪目，完全脫胎換骨。最後，還伸出一隻兇狠狠的枝幹朝我迅速進攻而來，拎起我，使勁的往天際一拋，害我足足飛了好幾千里之遠然後重重的墜落，好痛！我想我是不是在做夢？

選擇題　陳詩昀

論文　A、喜劇　B、悲劇　C、荒唐劇

婚姻　A、五〇〇CC　B、一〇〇〇CC　C、空
晚餐　A、經濟型　B、豪華型　C、特製型
靈感　A、平方公分　B、平方公尺　C、平方公里
人際關係　A、半糖　B、少冰　C、微溫
電視節目　A、單行道　B、雙向道　C、前有阻礙

桑椹心事

陳雅音

棗紅、澀青如心中滋味
青青如天地
奉獻給蠶兒
吐絲結網
原想圖一個半生的清靜　想圓一個完整的
是個潔白之身

但又怎能如願

桑　王朝茂

綠葉的繁華
在春蠶嚼食之後
窮盡生命的吐納
織就錦密一片
無暇的思念

再別江南　曾振源

最後一步終於跨出了自我
夢想的馳騁還在遠遠的地平線

徘徊
版圖二分就不許再重蹈三分天下的鬧劇
無我之後內心是否裝得下另一個影子
尋找最初的地方
好好
躲藏

爬升
我用想你的速度遠離江南
手心的溫度來不及給予溫暖
孤獨便悄悄的比鄰而坐
湖中的柳絮想要翩翩飛舞
卻忘了東風已不再為自己喝采
期待平行線交會時刻的來到

江南
依舊是江南

兩粒芒果　黃詩惠

（一）碩大飽滿的橢圓不斷溢出，
住青春羞澀的酸甜滋味。

（二）橘黃溫暖的你怕冷還披著媽媽的青綠色外套，
在轉過幾日徐徐夏風舒服的臉紅了。

（三）高掛著熱情紅色火焰猶如鵝卵石，
被品頭論足一番後墮落在長柄刀口下。

教室

葉尚祐

時光絞碎了時光
轉圈圈轉圈圈的電扇
　　ＷＩＦＩ敏捷水姑娘
馬背上公子哥的一管黑師傅
喧嚣的里長專利
質氣與麗美被派大星顛覆
唧唧唧唧唧唧唧唧
唧氣化觀選先周整個要保唧
唧啤唧小舉生的啊天吐臉唧
唧活文論白頭髮糖黑了唧
唧唧唧唧唧唧唧唧唧唧

調寄杜甫

楊評凱

冰心玉潔的心與墨黑的官場抗衡
不解色調的你
想將黑人美白　不料孤臣無力可回天
薦言書落入黑墨中　硬被那
邪惡的心靈帝國染黑

你被打進了冷宮心卻仍舊沸騰
執著春秋之筆　寫著逆耳的忠言
忠言上達天聽　你卻依舊草堂蘆居

笨　不同流合污　自命清高　凜然的正義之氣
該給你這個不識時務者下什麼定義呢

就留給後代給你下定義吧

飄泊一生
得到的是那一箱留芳萬世　讓後世高國中生厭惡的
杜工部詩集

杜工部啊杜工部
在天若有靈
鼓起勇氣跳出來讓民國教育當局好好品嘗一下你的春秋能耐
解救正為你詩集殺害的黎民吧

這有的屬前現代的寫實詩（如〈三輪車〉、〈乞討〉、〈化緣〉、〈三輪車夢翔〉、〈桑椹心事〉、〈桑〉、〈再別江南〉、〈兩粒芒果〉和〈調寄杜甫〉等），有的屬現代的新寫實詩（如

〈桑椹〉和〈選擇題〉等），有的屬後現代的語言遊戲詩（如〈寫詩的一百種方法〉、〈下課十分鐘〉、〈恩愛〉、〈上課〉和〈教室〉等），凡是能在紙面上呈現的已經應有盡有，他們修我這門課總算也嘗到類似的創作的快悅了。

事實上，我們還有聯詩〈星期三午後我們在颱詩（代序）〉和集句詩〈三合一——藥瓶發票優格杯〉，也多有佳句未及著錄；而我則有「東海岸的胡思亂想沉寂後／這裏沒有詩隨風響起」和「希望微痛在眼前傾斜的渺茫中」參與。此外，我還有不便收入集子的童詩、童謠和後現代詩各一首：

釋迦

水果攤上睡著好多佛陀
他們的打呼聲吵到幾位鄰居

西瓜滾過來要打前鋒
命令龍眼去糾眾找子彈
觀戰留給水梨

那邊蘋果早已笑到岔氣紅了臉
只見香蕉彎腰在答禮
看門的榴槤咕咚一聲被重重的敲醒

太陽餅

來來來　買餅送太陽
去去去　大羊帶小羊
選話題　新鮮拚最夯
看天氣　好樣靠換妝

問前途　走路宜慌張
貪便宜　紙盒隨你搶
吃一口　酥甜心大開
留回憶　人生免無常
別嫌我嘴上少毛燈不亮
叫賣一流神仙都會來買賬

論文指導

性別越界掉出一根針
包在網路地圖裏
電影出水了
原漢學童一起抗議作文的菜色欠佳
中西格律詩還在搶白自由詩

兒歌唱給你聽
飲食偷渡摸到一包散文
女模要去城市漫遊
吃西瓜計算方法
白日夢到販賣機投〇檔一票
回神吆喝駕牛車的神童
什麼時候出產
越南春捲吹熟了一盞燈
你快樂嗎
我差點撞到降靈會

這門課看了《杜甫》電視劇以及演聶魯達故事的《郵差》和詩味濃厚的《偷穿高跟鞋》等影片，還聽唱了許多歌曲和童謠，拉雜的把如今所能見的各類詩歌都熟悉了一遍。修課的夥伴，盡情與會，一起渡過了東海岸明艷陽光重許的歡樂的星期三午後。

去年暑假，有多位暑碩班畢業的夥伴回來看我，請他們吃飯，還一起到星星部落衝擊夜景；想到語教所即將在學校整併政策下告別歷史，大家不免都有幾分感傷！臨去時，靜文、明玉和麗娜還留詩贈我：

再聚東海岸　許靜文

名片長了　頭銜長了
長長的公文折疊進幾縷魚尾
床卻短了
夢倒還長呢
呼喚著部落的星星
都到齊了
久別的想念等待入座

寒舍有溫暖洋流湧現普洱茶香
異星球的笑語歡騰
遠方缺席的煮茶人不忘叮嚀
待來年白髮背包啟程
咱們靜聽
紅頭嶼說
不見
不散

今夜沒有詩

林明玉

山海的呼喚
好友的相惜
三六五天的承諾

一路翻山越嶺的回來相聚
白髮依舊的周詩人
豪情萬千
熱情款待
意爭　嘉牧　晨昕　晨暄
幸福快樂神仙眷屬
淑芬　偉強　嘉予
可愛美滿福氣家庭
麗娜　任民　琬庭　培軒
優秀質樸巨人家族
呵　還有璧玉　文鵬　狗兒子親親家族
一夥兒人
東南西北話家常
看詩人深情不捨眾生

雖疲倦仍無怨無悔
救渡有緣人
令觀者敬愛心疼不忍
只能夠默默祝福
再承諾另一個三六五
星空下美麗的約定
重續前緣

大圓桌

李麗娜

綠島的熱猶在身旁游移
一年竟已過
又是七月
仍見年輕的臉龐

頭頂著白髮
夜在丸八酢的圓桌上
圍住了我們的感情
記憶將年年累積
就留在星星部落
順著寒舍
留住臺東的周某於三個長人心中

麗娜他們的長人家族還來了三個兒女，也有詩跟著逗趣。如老大黃任民的〈致周師〉：光中之詩名雖響／不及周師語中妙、老二黃琬庭的〈星星部落〉：聆聽著／遺忘已久的蟲鳴／由隱士帶領／一起品嘗，以及老三黃培軒的〈臺東的七月〉：滿桌的美食／滿天的星星／……牽引著一斷永遠的師生情。有的還加了插畫，淘氣十足。捨不得他們的情，所以都著錄在這裏，以便加長記憶。

所謂《飛越抒情帶》，所飛越的豈止我一己的心情；在我北返和東來的過程中，有太多不及細說的錯綜網絡牽出的故事，我都想「誌它一誌」。「孤情」或許隱在背後，但不盡要明顯「表白」的旨意還是得容許我自行註解。畢竟人已到了中年，吐屬都不再容易情感噴薄。

末了，感謝楊秀宮教授慨允幫忙寫序，帶出詩集的另一種面貌；以及美雲、依錚、助理玉蘭的分工繕打統稿和秀威資訊科技公司世玲小姐、姣潔小姐的編輯服務，她們都為這次的「飛越之旅」安插了最新的翅膀，期待可以遠颺。

周慶華　二〇一一年初於東海岸

語言文學類　PG0520　東大詩叢10

飛越抒情帶

作　　者 / 周慶華
責任編輯 / 黃姣潔
圖文排版 / 賴英珍
封面設計 / 陳佩蓉

發 行 人 / 宋政坤
法律顧問 / 毛國樑　律師
印製出版 / 秀威資訊科技股份有限公司
114臺北市內湖區瑞光路76巷65號1樓
電話：+886-2-2796-3638　傳真：+886-2-2796-1377
http://www.showwe.com.tw
劃撥帳號 / 19563868　戶名：秀威資訊科技股份有限公司
讀者服務信箱：service@showwe.com.tw
展售門市 / 國家書店（松江門市）
104臺北市中山區松江路209號1樓
電話：+886-2-2518-0207　傳真：+886-2-2518-0778
網路訂購 / 秀威網路書店：http://www.bodbooks.com.tw
國家網路書店：http://www.govbooks.com.tw
圖書經銷 / 紅螞蟻圖書有限公司
114臺北市內湖區舊宗路二段121巷28、32號4樓
電話：+886-2-2795-3656　傳真：+886-2-2795-4100

2011年03月BOD一版
定價：330元

國家圖書館出版品預行編目

飛越抒情帶 / 周慶華著. -- 一版. -- 臺北市 : 秀威資訊科技, 2011.03

面； 公分. --（語言文學類 ; PG0520）（東大詩叢 ; 10）

BOD版

ISBN 978-986-221-709-2（平裝）

851.486 100001738

讀者回函卡

感謝您購買本書，為提升服務品質，請填妥以下資料，將讀者回函卡直接寄回或傳真本公司，收到您的寶貴意見後，我們會收藏記錄及檢討，謝謝！

如您需要了解本公司最新出版書目、購書優惠或企劃活動，歡迎您上網查詢或下載相關資料：http:// www.showwe.com.tw

您購買的書名：________________________________

出生日期：________年________月________日

學歷：□高中（含）以下　□大專　□研究所（含）以上

職業：□製造業　□金融業　□資訊業　□軍警　□傳播業　□自由業

□服務業　□公務員　□教職　□學生　□家管　□其它_____

購書地點：□網路書店　□實體書店　□書展　□郵購　□贈閱　□其他

您從何得知本書的消息？

□網路書店　□實體書店　□網路搜尋　□電子報　□書訊　□雜誌

□傳播媒體　□親友推薦　□網站推薦　□部落格　□其他__________

您對本書的評價：（請填代號　1.非常滿意　2.滿意　3.尚可　4.再改進）

封面設計____　版面編排____　內容____　文／譯筆____　價格____

讀完書後您覺得：

□很有收穫　□有收穫　□收穫不多　□沒收穫

對我們的建議：________________________________

____

____

____

請貼
郵票

11466
台北市內湖區瑞光路 76 巷 65 號 1 樓
秀威資訊科技股份有限公司 收
BOD 數位出版事業部

....

（請沿線對折寄回，謝謝！）

姓　名：________________ 年齡：________ 性別：□女　□男

郵遞區號：□□□□□

地　址：____

聯絡電話：(日) ________________ (夜) ________________

E-mail：____